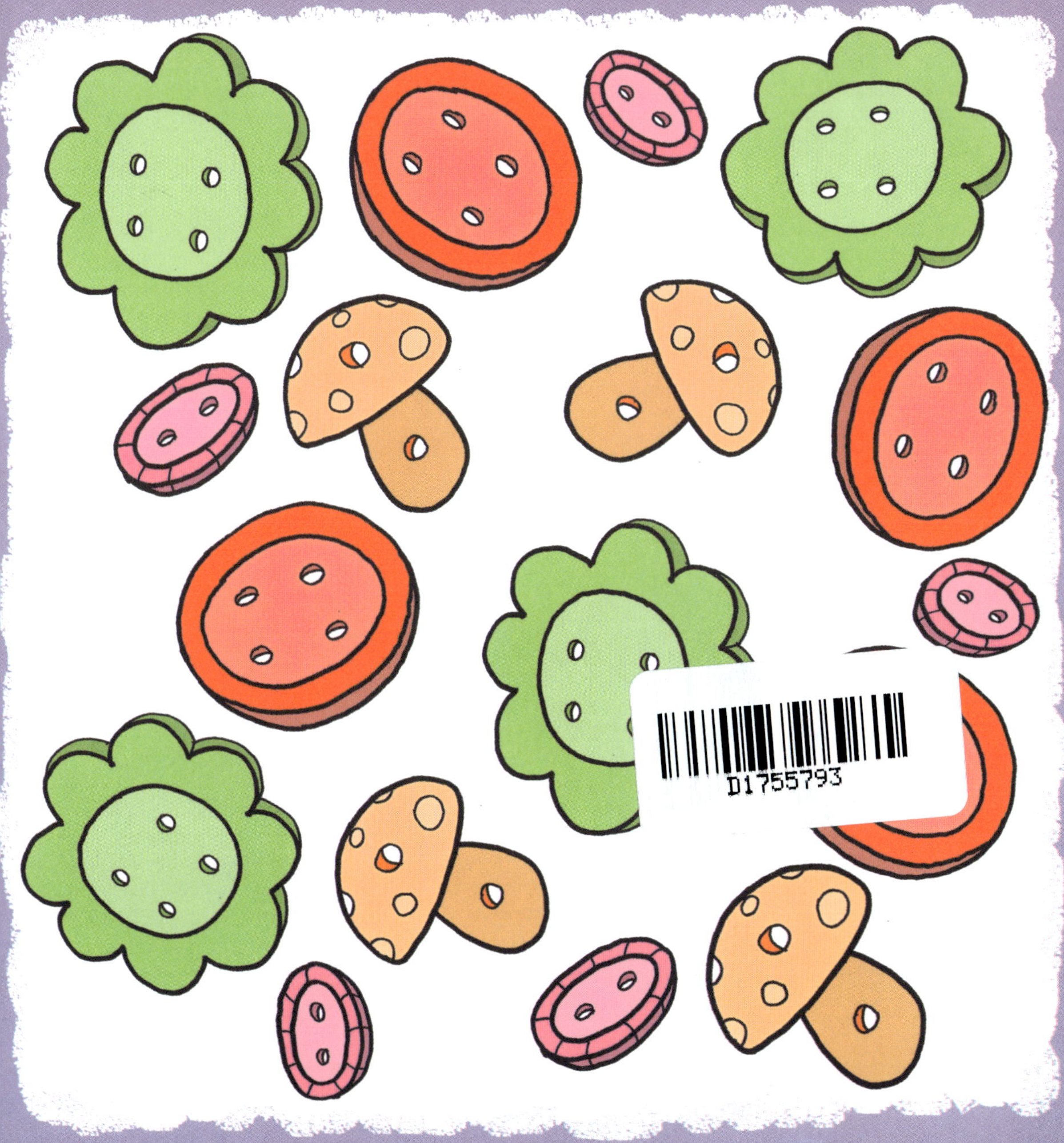

Sous la direction de S. Coutausse
Mise en page : F. Rey

© 2005 Maxi-Livres pour l'édition française.
© 2005 Scarabéa jeunesse

Droits de reproduction et de traduction réservés pour tous les pays.
Toute reproduction de cet ouvrage, même partielle, est interdite.
Toute copie ou reproduction, par quelque procédé que ce soit, photographie, microfilm, bande magnétique, disque ou autre, constitue une contrefaçon passible des peines prévues par la loi du 11 mars 1957 sur la protection des droits d'auteur.
Loi 49.956 du 16.07.1949

ISBN 2-7434-6577-8

Imprimé et relié par Eurolitho S.p.A Italie

SUCCES DU LIVRE

Ce livre appartient à :

_____

Les apprentissages

acti·dico

mômes et compagnie

une abeille

Les abeilles sont des insectes qui fabriquent du miel et de la cire. Elles butinent les fleurs. Les abeilles vivent dans les ruches.

Je colorie l'abeille

J'écris abeille

abeille abeille abeille

un abricot

C'est un fruit jaune ou orange, avec un gros noyau, une peau toute douce. Il pousse sur un arbre : l'abricotier.

Je colorie l'abricot

J'écris abricot

abricot abricot abricot

un ami, une amie

C'est un garçon, une fille qu'on aime beaucoup. L'amitié, c'est ce que tu ressens pour tes amis, pour les gens que tu aimes bien.

Je colorie l'amie

J'écris amie

amie amie amie

un anniversaire

Ton anniversaire, c'est, tous les ans, la fête du jour de ta naissance. Quelle est ta date d'anniversaire ?

Je colorie l'anniversaire

J'écris anniversaire

anniversaire   anniversaire

un aquarium

C'est un grand bac en verre avec de l'eau dedans pour garder les poissons. Tu vois ce poisson ? Il s'appelle Maurice.

Je colorie l'aquarium

J'écris aquarium

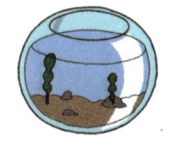

aquarium   aquarium

un arbre

Un arbre a des racines dans la terre, un tronc, des branches et des feuilles. Un arbuste, c'est un petit arbre. Aimes-tu grimper dans les arbres ?

Je colorie l'arbre

J'écris arbre

arbre   arbre   arbre

un arc-en-ciel

C'est la belle courbe qu'il y a dans le ciel quand il pleut et qu'il y a du soleil en même temps. Il y a toutes les couleurs dans l'arc-en-ciel : violet, indigo, bleu, vert, jaune, orange et rouge.

Je colorie l'arc-en-ciel

J'écris arc-en-ciel

arc-en-ciel   arc-en-ciel

une arête

Les arêtes, ce sont les petits os des poissons. Quand tu manges du poisson, fais bien attention à ne pas avaler les arêtes !

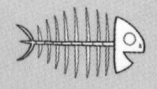

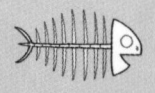

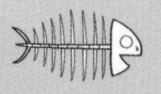

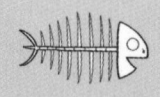

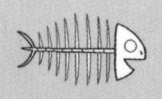

Je colorie l'arête

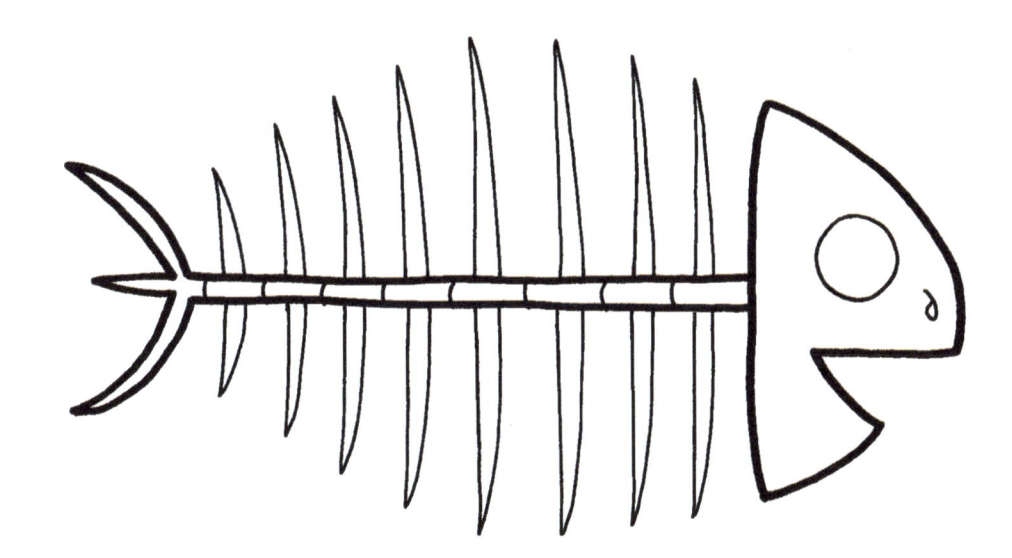

J'écris arête

arête　　arête　　arête

un autobus

Un autobus, ou un bus, c'est un grand véhicule qui transporte les personnes dans les villes. L'autobus fait toujours le même trajet.

Je colorie l'autobus

J'écris autobus

autobus   autobus

un automne

L'automne est une saison. Les feuilles des arbres jaunissent, elles tombent. Après l'automne c'est l'hiver.

Je colorie l'automne

J'écris automne

automne   automne

un avion

L'avion vole très vite dans le ciel. Il a un moteur et des ailes. As-tu déjà voyagé en avion ?

Je colorie l'avion

J'écris avion

avion　　avion　　avion

une baignoire

Dans la salle de bains, on prend un bain dans la baignoire. On peut s'allonger dans la baignoire. Aimes-tu barboter dans la baignoire ?

Je colorie la baignoire

J'écris baignoire

baignoire baignoire

une baleine

C'est le plus grand animal de la mer. Elle souffle fort de l'air qui est chargé d'eau. Son petit est le baleineau.

Je colorie la baleine

J'écris baleine

baleine baleine baleine

un ballon

Le ballon de football est rond. Le ballon de rugby est ovale. Un ballon, c'était aussi une énorme boule remplie de gaz qui montait dans le ciel : autrefois on faisait des voyages en ballon.

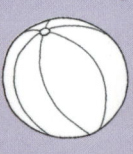

Je colorie le ballon

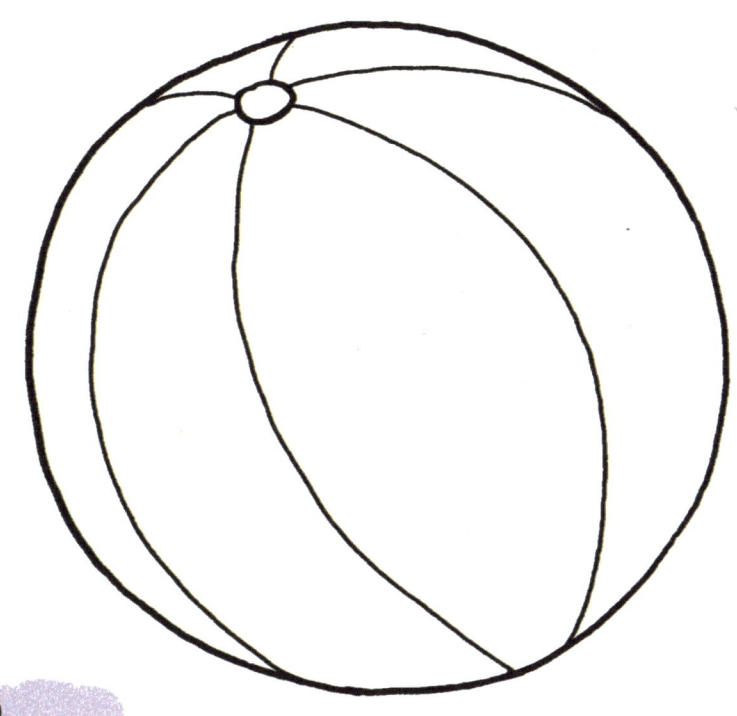

J'écris ballon

ballon ballon ballon

une banane

C'est un fruit à grosse peau jaune. La banane pousse sur une grande plante, le bananier. Un groupe de bananes attachées ensemble s'appelle un régime de bananes.

Je colorie la banane

J'écris banane

banane banane banane

un bateau

Les barques, les voiliers, les navires sont des bateaux. Les bateaux flottent et se déplacent sur l'eau.

Je colorie le bateau

J'écris bateau

bateau bateau bateau

une betterave

C'est une plante. On mange sa grosse racine, rouge foncé quand elle est cuite. On tire du sucre de certaines betteraves.

Je colorie la betterave

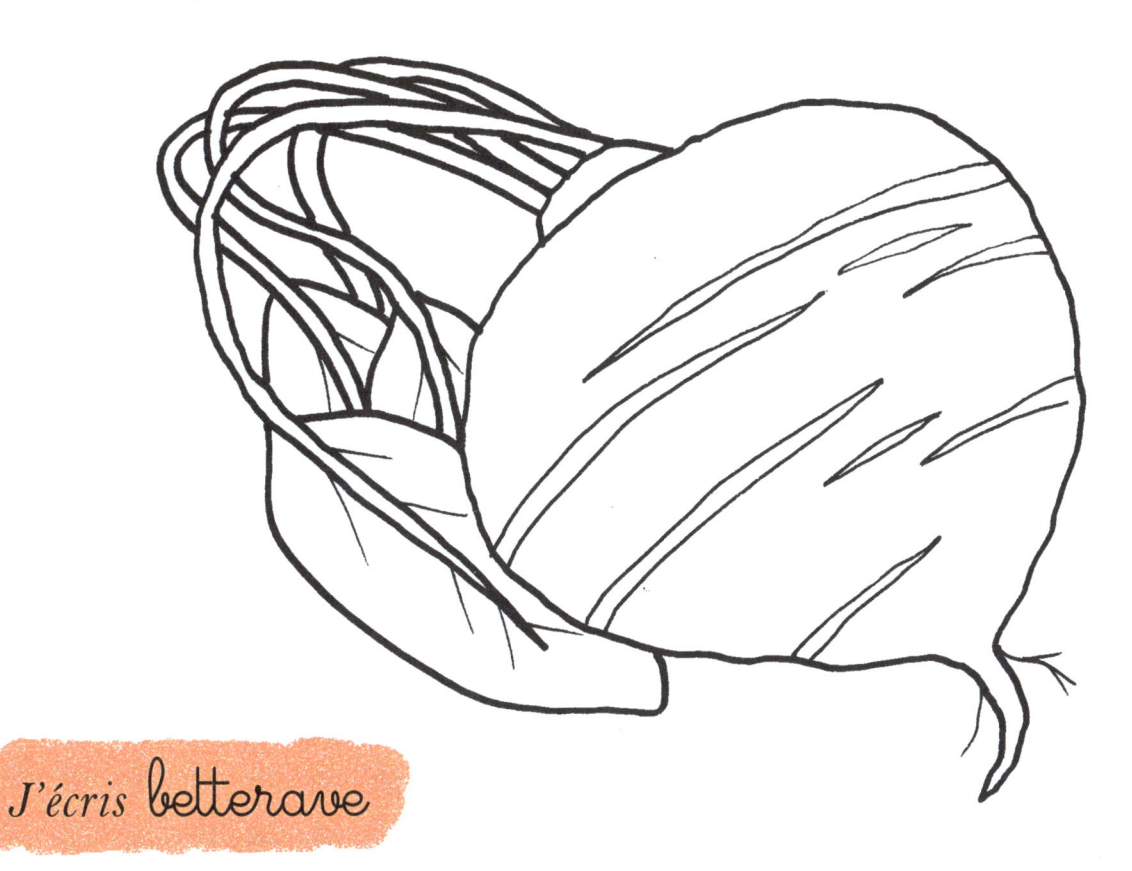

J'écris betterave

betterave betterave

un biberon

Le biberon est une petite bouteille en verre ou en plastique avec une tétine au bout. Le bébé boit son lait au biberon.

Je colorie le biberon

J'écris biberon

biberon biberon biberon

une bicyclette

La bicyclette a deux roues. On s'assied sur la selle et on pédale pour la faire avancer. On l'appelle aussi le vélo.

Je colorie la bicyclette

J'écris bicyclette

bicyclette   bicyclette

un bocal

C'est un récipient en verre, assez large avec un couvercle pour le fermer, comme le bocal de cornichons.

Je colorie le bocal

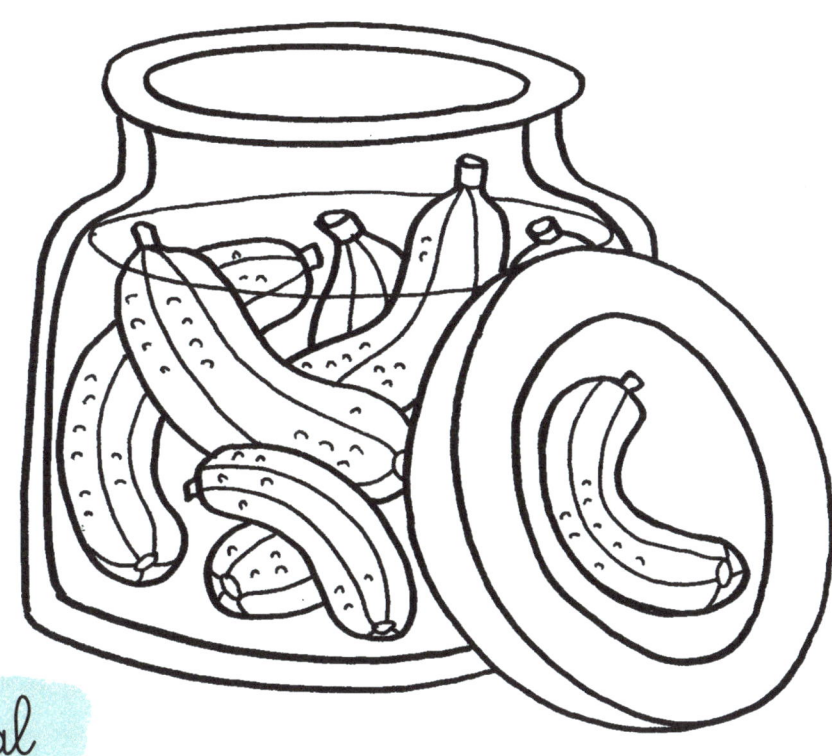

J'écris bocal

bocal   bocal   bocal

un bonnet

C'est un petit chapeau de laine tout simple. On le porte en hiver pour avoir bien chaud.

Je colorie le bonnet

J'écris bonnet

bonnet bonnet bonnet

une bouteille

Dans une bouteille, on met de la limonade, de l'eau, de l'huile. Le haut de la bouteille s'appelle le goulot.

Je colorie la bouteille

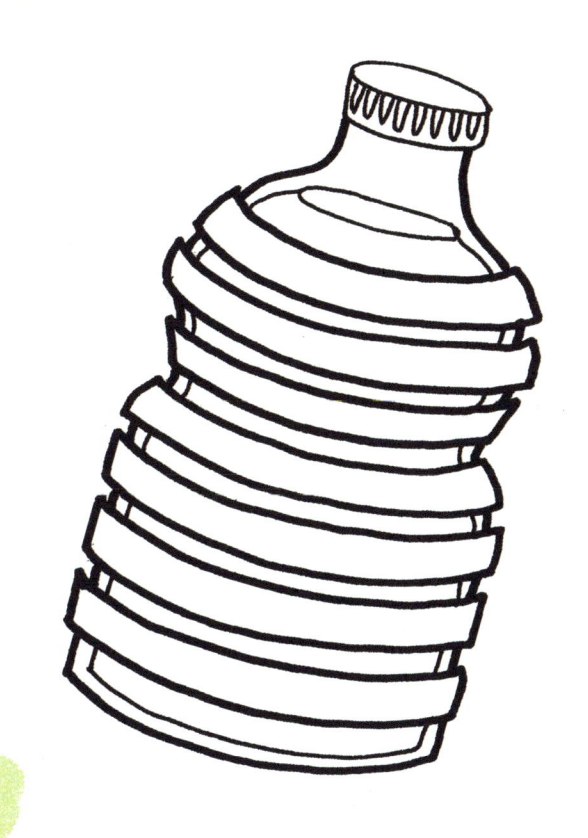

J'écris bouteille

bouteille bouteille

un bouton

C'est un petit objet rond qui sert à fermer un vêtement.
S'il manque un bouton à ton manteau, tu ne pourras pas le fermer.

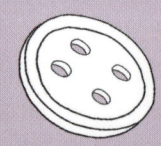

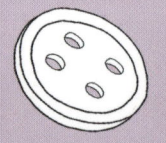

Je colorie les boutons

J'écris bouton

bouton bouton bouton

un cadeau

C'est ce qu'on offre à quelqu'un pour lui faire plaisir, pour une fête.
Est-ce que tu as eu de beaux cadeaux pour ton anniversaire ?

Je colorie le cadeau

J'écris cadeau

cadeau cadeau cadeau

un camion

C'est un gros véhicule qui sert à transporter des marchandises ou des choses de grande taille. Une camionnette, c'est un petit camion.

Je colorie le camion

J'écris camion

camion camion camion

une carotte

C'est un légume long et orange, un peu sucré. Comment préfères-tu les carottes, crues ou cuites ?

Je colorie la carotte

J'écris carotte

carotte carotte carotte

une cerise

C'est un fruit rouge tout rond avec un noyau dedans et une queue.
Les cerises poussent sur les cerisiers.

Je colorie les cerises

J'écris cerise

cerise cerise cerise

un chat

C'est un animal domestique ou sauvage. Avec ses longues moustaches, il sent ce qui l'entoure. La femelle est la chatte, le petit est le chaton. Le chat miaule et ronronne.

Je colorie le chat

J'écris chat

chat   chat   chat   chat

un château

C'est une très grande maison avec des tours, au milieu d'un grand parc. Les rois, les princes habitaient des châteaux. Un château fort est entouré de murailles pour le protéger.

Je colorie le château

J'écris château

château château château

une chaussette

Une chaussette est un vêtement pour les pieds. On enfile les pieds dans les chaussettes et après on met les chaussures.

Je colorie les chaussettes

J'écris chaussette

chaussette chaussette

un cheval

C'est un bel animal sauvage ou domestique. Il a beaucoup de force et il peut courir très vite. La femelle est la jument et le poulain est leur petit.

Je colorie le cheval

J'écris cheval

cheval   cheval   cheval

un chien

C'est un animal domestique. Le chien aboie ; il a un très bon odorat. La femelle est la chienne et le petit est le chiot.

Je colorie le chien

J'écris chien

chien   chien   chien

un clown

C'est un artiste qui nous fait rire au cirque. Il porte de drôles de vêtements et des maquillages très marqués.

Je colorie le clown

J'écris clown

clown clown clown

une construction

Les ouvriers travaillent à la construction de la maison c'est-à-dire qu'ils sont en train de la construire. Un bâtiment, une maison, un monument sont des constructions.

Je colorie la construction

J'écris construction

construction construction

un crocodile

Les crocodiles vivent dans les fleuves et au bord des fleuves des pays chauds. Ils ont une peau épaisse couverte d'écailles, une très grande mâchoire et des pattes très courtes.

Je colorie le crocodile

J'écris crocodile

crocodile crocodile

un cube

Un cube est un objet qui a six carrés tout autour, un dessus, un dessous et quatre sur les côtés, tous de la même taille.

Je colorie le cube

J'écris cube

cube cube cube cube

une culotte

C'est un vêtement qui couvre les fesses. On met sa culotte sous son pantalon ou sous sa jupe. On peut aussi dire un slip.

Je colorie la culotte

J'écris culotte

culotte culotte culotte

un dinosaure

C'était un animal extraordinaire, énorme qui vivait il y a très, très longtemps. Maintenant il a disparu.

Je colorie le dinosaure

J'écris dinosaure

dinosaure   dinosaure

un domino

Sais-tu jouer aux dominos ? Chaque domino a deux parties. Sur chaque partie, il y a un blanc ou 1, 2, 3, 4, 5, 6 points. Tu poses ton domino à côté d'un autre s'il a une partie pareille à celle du domino déjà posé.

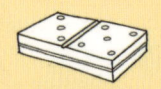

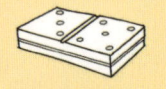

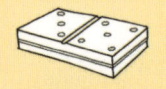

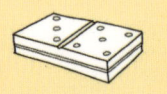

Je colorie le domino

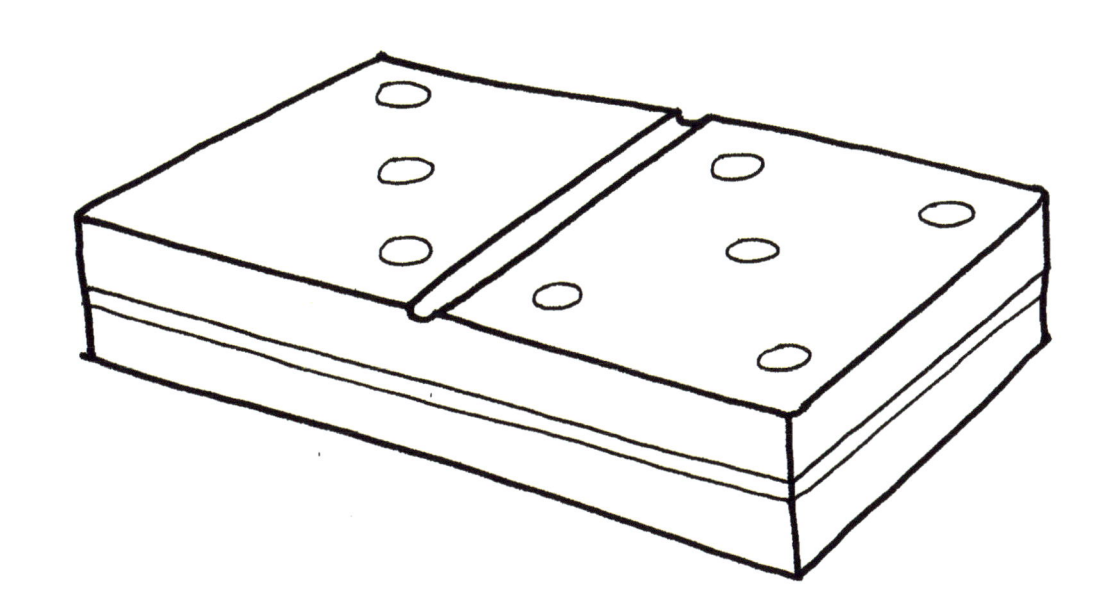

J'écris domino

domino domino domino

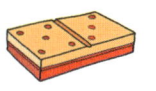

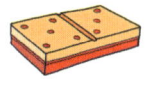

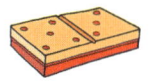

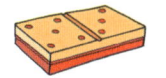

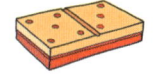

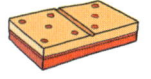

un éclair

C'est une très forte lumière dans le ciel qui apparaît et disparaît tout de suite, quand il y a de l'orage, comme un zigzag.

Je colorie les éclairs

J'écris éclair

éclair　　éclair　　éclair

un éléphant

C'est un énorme animal d'Afrique ou d'Asie. Il a une peau épaisse, une trompe, deux défenses et de grandes oreilles.

Je colorie l'éléphant

J'écris éléphant

éléphant éléphant éléphant

un escargot

C'est un petit animal enroulé dans sa coquille. Les escargots sortent après la pluie. Ils ont deux petites cornes qu'ils peuvent sortir ou rentrer.

Je colorie l'escargot

J'écris escargot

escargot escargot escargot

une étoile

C'est un astre qui brille la nuit dans le ciel, quand il fait beau et qu'il n'y a pas trop de nuages.

Je colorie l'étoile

J'écris étoile

étoile étoile étoile

une feuille

Au printemps, les feuilles des arbres apparaissent. En automne, elles jaunissent et elles tombent. Le feuillage, c'est l'ensemble des feuilles d'un arbre.

Je colorie les feuilles

J'écris feuille

feuille feuille feuille

une fleur

La fleur, c'est la partie colorée d'une plante. On en fait de jolis bouquets. Quand les arbres fleurissent, on voit des fleurs apparaître sur les branches.

Je colorie la fleur

J'écris fleur

fleur   fleur   fleur

une forme

Le carré, le rond, l'étoile sont des formes. La forme d'un objet, c'est son contour. La Terre a-t-elle une forme ronde ou carrée ?

Je colorie les formes

J'écris forme

forme forme forme

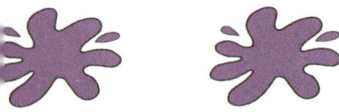

une fraise

C'est un petit fruit rouge et sucré qui pousse sur une plante, le fraisier. Aimes-tu les tartes aux fraises ?

Je colorie les fraises

J'écris fraise

fraise fraise fraise

un gant

Les gants protègent les mains et les doigts. L'hiver, tu mets des gants de laine pour ne pas avoir froid aux mains.

Je colorie le gant

J'écris gant

gant   gant   gant

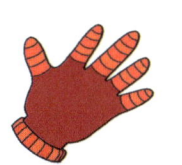

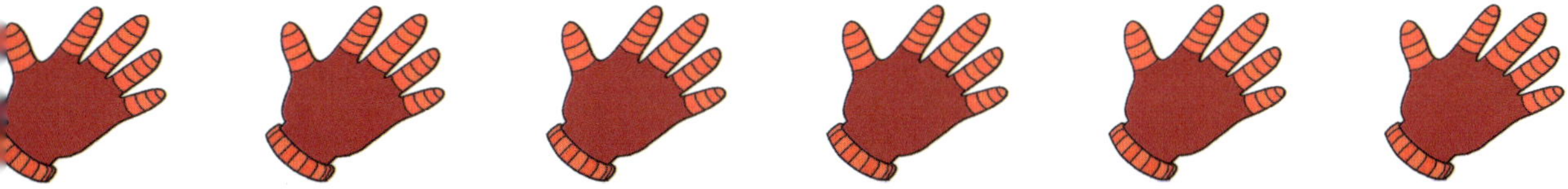

un gâteau

On fait les gâteaux avec de la pâte et on ajoute des fruits, de la crème ou du chocolat. Les gâteaux sont des pâtisseries.

Je colorie le gâteau

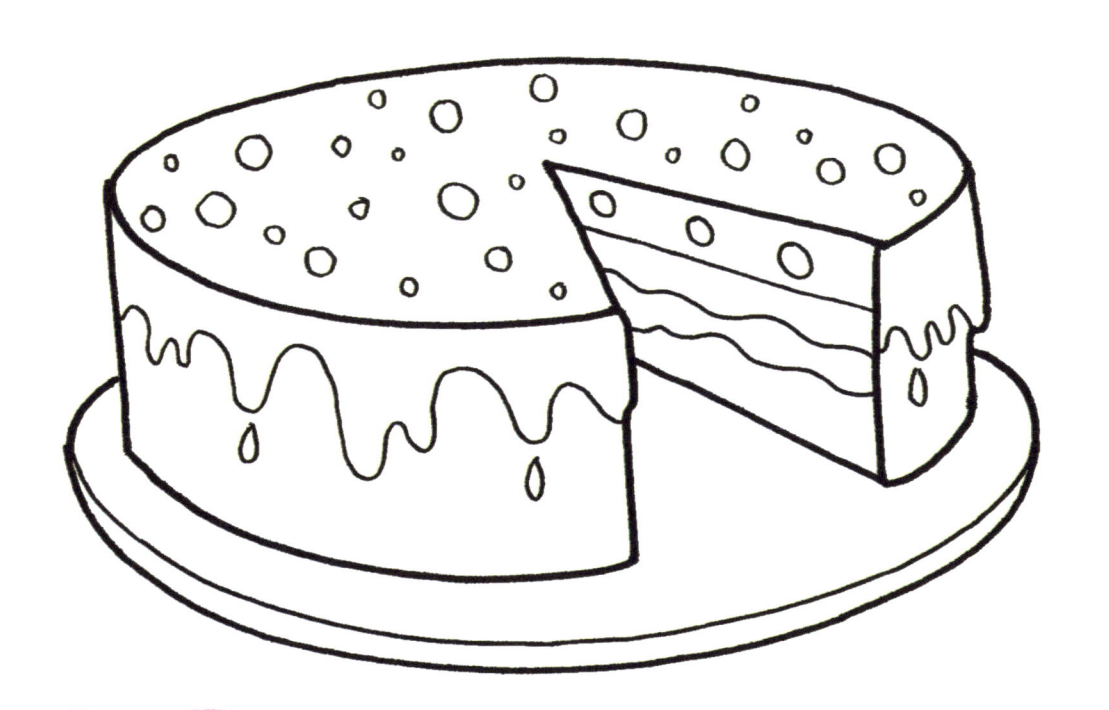

J'écris gâteau

gâteau   gâteau   gâteau

un hamac

C'est une sorte de lit formé d'un morceau de toile ou d'un filet, suspendu entre deux points fixes dans lequel on peut se balancer.

Je colorie le hamac

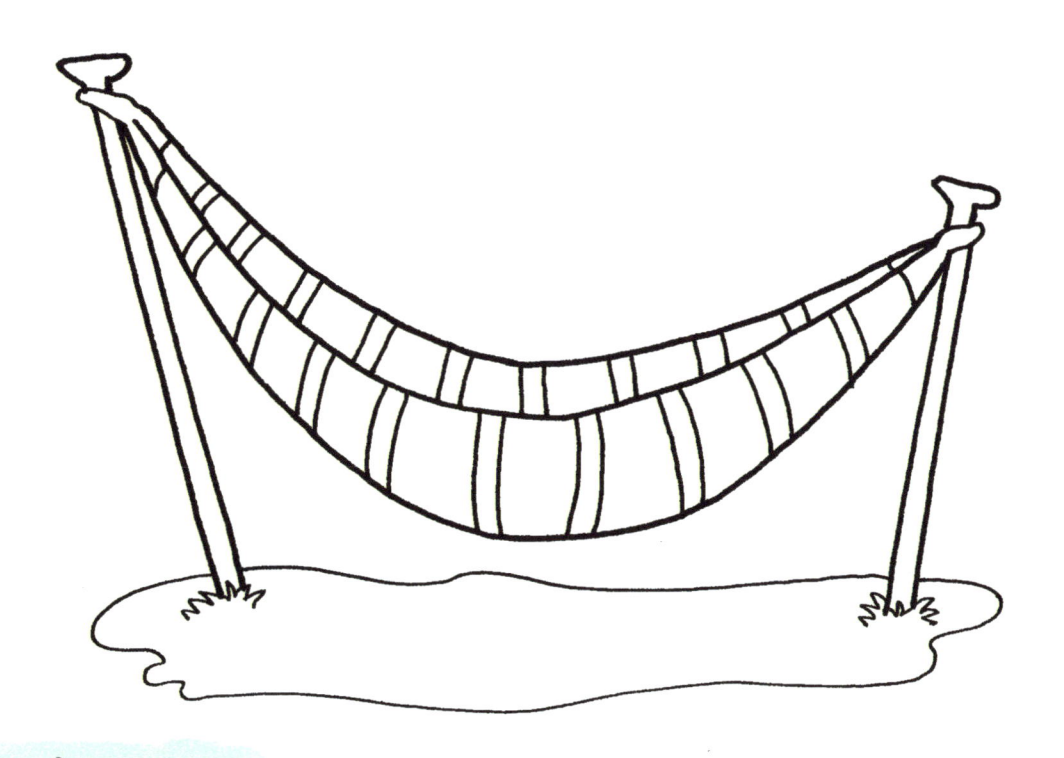

J'écris hamac

hamac hamac hamac

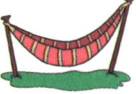

un hippopotame

C'est un très gros animal qui vit dans les fleuves d'Afrique. Il a des défenses en ivoire. L'hippopotame se nourrit d'herbes fraîches.

Je colorie l'hippopotame

J'écris hippopotame

hippopotame   hippopotame

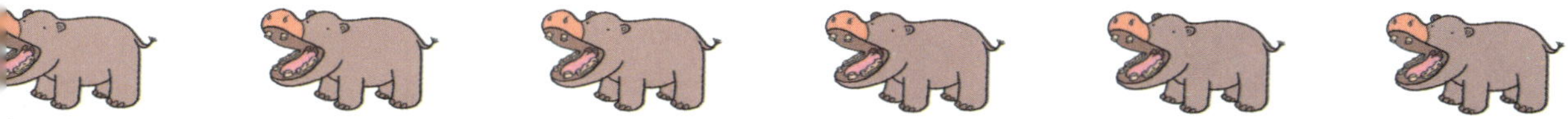

un hortensia

C'est une plante à grosses fleurs blanches, roses ou bleues qui forment de grosses boules.

Je colorie l'hortensia

J'écris hortensia

hortensia   hortensia

une île

C'est une terre entourée d'eau. Il faut prendre le bateau ou l'avion pour aller sur une île. Es-tu déjà allé sur une île ?

Je colorie l'île

J'écris île

île   île   île   île

une jonquille

C'est une jolie fleur jaune. Les jonquilles poussent dans les bois, les prés, dès le début du printemps.

Je colorie la jonquille

J'écris jonquille

jonquille   jonquille

un jouet

C'est un objet avec lequel on joue. La poupée, la dînette, le garage, les cubes sont des jouets. Quel est ton jouet préféré ?

Je colorie les jouets

J'écris jouet

jouet　jouet　jouet

un koala

C'est un petit animal d'Australie qui ressemble à un petit ours. Le koala grimpe aux arbres. Il porte son petit sur le dos.

Je colorie le koala

J'écris koala

koala koala koala

le lait

Le veau tète le lait de la vache. Le bébé tète le lait de sa maman ou du biberon. Le lait est un aliment.

Je colorie le lait

J'écris lait

lait lait lait lait

un lavabo

C'est une cuvette avec des robinets. Il y en a dans la salle de bains. On se lave les mains, le visage, au-dessus du lavabo.

Je colorie le lavabo

J'écris lavabo

lavabo lavabo lavabo

un lézard

C'est un petit animal avec des pattes très courtes et une très longue queue. Il aime se chauffer sur les pierres au soleil. Si sa queue est coincée, il la casse et elle repousse après.

Je colorie le lézard

J'écris lézard

lézard lézard lézard

un lion

On dit que le lion est le roi des animaux. C'est un fauve d'Afrique. Le lion a une crinière, la lionne n'en a pas. Le petit s'appelle le lionceau.

Je colorie le lion

J'écris lion

lion lion lion lion

un livre

Sur les pages d'un livre, il y a des histoires écrites, des images, des dessins. Il y a des livres pour apprendre, il y a des livres pour rêver.

Je colorie le livre

J'écris livre

livre livre livre

la Lune

C'est l'astre qui tourne autour de la Terre. On voit la Lune la nuit dans le ciel. Elle est parfois toute ronde et quelquefois en forme de croissant.

Je colorie la Lune

J'écris lune

lune lune lune lune

une maison

C'est une construction, un bâtiment dans lequel on habite. Il y a des murs, des fenêtres, des portes et un toit. Il peut y avoir plusieurs étages.

Je colorie la maison

J'écris maison

maison maison maison

un manteau

Les manteaux sont de grands vêtements que l'on met par-dessus tous les autres quand on sort et qu'il fait froid.

Je colorie le manteau

J'écris manteau

manteau   manteau

une marguerite

C'est une fleur à pétales blancs et un gros cœur tout jaune qui pousse dans les prés et les champs.

Je colorie la marguerite

J'écris marguerite

marguerite marguerite

un mouton

C'est un animal dont le corps est couvert de poils épais, doux et chauds. C'est de la laine. Le mâle s'appelle le bélier. La femelle est la brebis et le petit est l'agneau.

Je colorie le mouton

J'écris mouton

mouton   mouton   mouton

une noisette

La noisette est un petit fruit dans une coquille dure. Elle pousse sur le noisetier. On cueille les noisettes à la fin de l'été et en automne.

Je colorie la noisette

J'écris noisette

noisette noisette noisette

un nuage

Il y a des nuages dans le ciel. Le nuage est fait de toutes petites gouttes d'eau. Certains nuages annoncent la pluie ou l'orage. Un ciel nuageux est plein de nuages.

Je colorie le nuage

J'écris nuage

nuage　　nuage　　nuage

une oasis

C'est un endroit isolé, au milieu du désert, où il y a de l'eau, des arbres et où des personnes peuvent vivre, habiter.

Je colorie l'oasis

J'écris oasis

oasis   oasis   oasis

un œuf

La poule, les oiseaux, certains poissons pondent des œufs. Au bout de quelque temps, leur petit sort de l'œuf.

Je colorie l'œuf

J'écris œuf

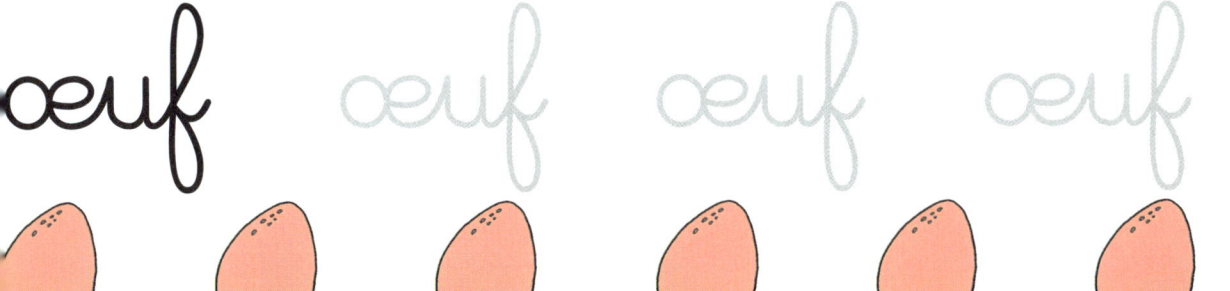

œuf œuf œuf œuf

une orange

C'est un fruit rond qui pousse sur un arbre, l'oranger, dans les pays chauds. Une orangeade, c'est une boisson faite avec du jus d'orange, de l'eau et du sucre.

Je colorie l'orange

J'écris orange

orange orange orange

un parapluie

Dehors, on se protège de la pluie avec un parapluie qu'on ouvre au-dessus de sa tête. À la plage, on se protège du soleil sous un parasol qu'on plante dans le sable.

Je colorie le parapluie

J'écris parapluie

parapluie parapluie

un petit pois

Les pois sont des plantes dont on mange les graines rondes et vertes, qui s'appellent des petits pois.

Je colorie les petits pois

J'écris petit pois

petit pois   petit pois

une poire

C'est un fruit qui a une forme un peu ovale avec des pépins. La poire pousse sur un arbre qui s'appelle le poirier.

Je colorie la poire

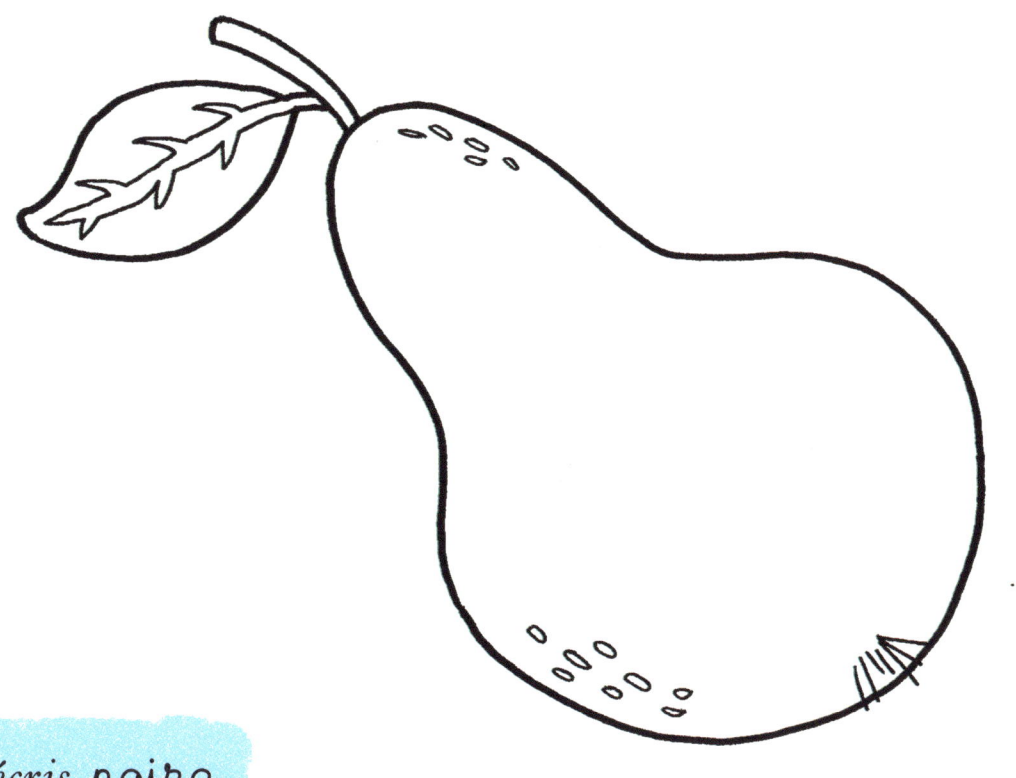

J'écris poire

poire poire poire

un poisson

C'est un animal qui vit dans l'eau. Le poisson d'eau douce vit dans les rivières, les lacs et les étangs. Le poisson marin vit dans la mer.

Je colorie le poisson

J'écris poisson

poisson poisson poisson

une poupée

C'est un jouet qui a la forme d'un bébé, d'une petite fille ou d'un petit garçon. Peux-tu donner un nom à cette jolie poupée ?

Je colorie la poupée

J'écris poupée

poupée   poupée   poupée

un poussin

C'est le petit de la poule et du coq qui sort tout juste de son œuf.
Il est si mignon avec son fin duvet jaune ! Piou, piou !

Je colorie le poussin

J'écris poussin

poussin poussin poussin

un puzzle

C'est un jeu fait de nombreux petits morceaux qu'il faut mettre à leur place pour que cela forme un dessin complet.

Je colorie le puzzle

J'écris puzzle

puzzle puzzle puzzle

une quille

C'est un morceau de bois ou de plastique qu'on met debout et qu'il faut faire tomber en lançant une boule.

Je colorie les quilles

J'écris quille

quille quille quille

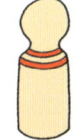

un radis

C'est une plante dont on mange la racine, une petite boule blanche à peau rose. Il existe aussi de gros radis noirs.

Je colorie le radis

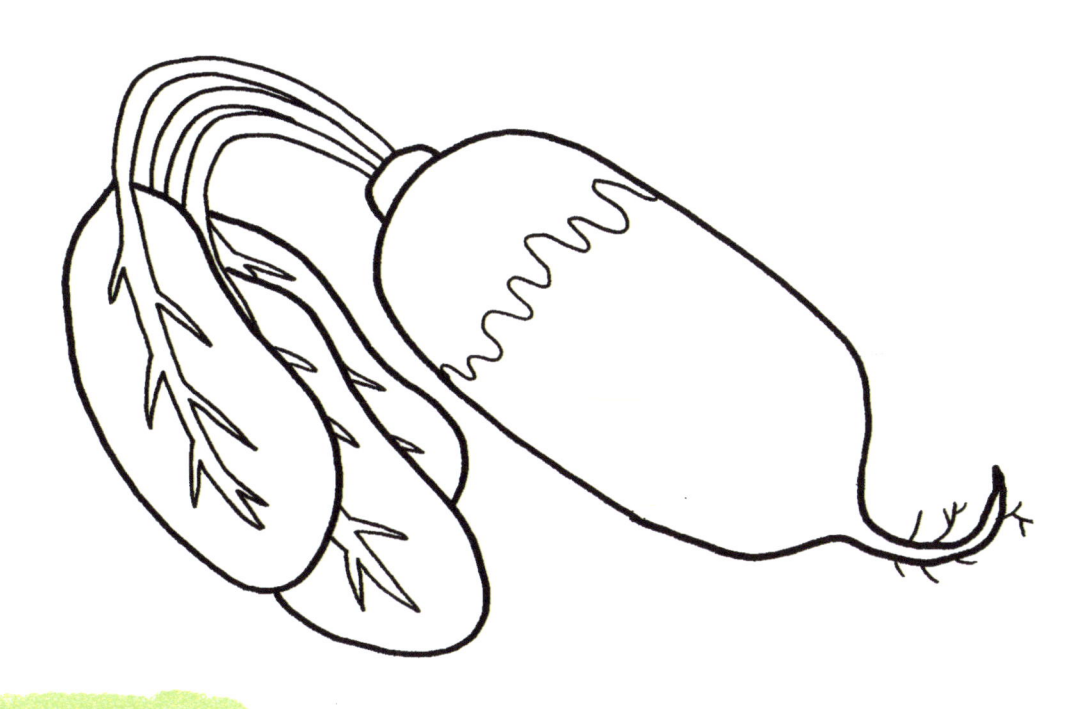

J'écris radis

radis radis radis

le raisin

C'est le fruit de la vigne. Il se présente en grains, tous accrochés à une grappe. Il y a du raisin blanc et du raisin noir.

Je colorie le raisin

J'écris raisin

raisin raisin raisin

le Soleil

C'est l'astre qui envoie la lumière et la chaleur sur la Terre. La Terre tourne autour du Soleil. Quand il y a du soleil, il fai beau, le temps est ensoleillé.

Je colorie le Soleil

J'écris soleil

soleil soleil soleil

une surprise

C'est quelque chose à quoi on ne s'attend pas. Une surprise c'est aussi un paquet avec des bonbons et un petit cadeau qu'on ne connaît pas dedans.

Je colorie la surprise

J'écris surprise

surprise   surprise

la Terre

La Terre, c'est notre planète et c'est le monde où nous vivons. La terre, c'est aussi la matière sur le sol. Les arbres sont plantés dans la terre. Le globe terrestre, c'est la Terre.

Je colorie la Terre

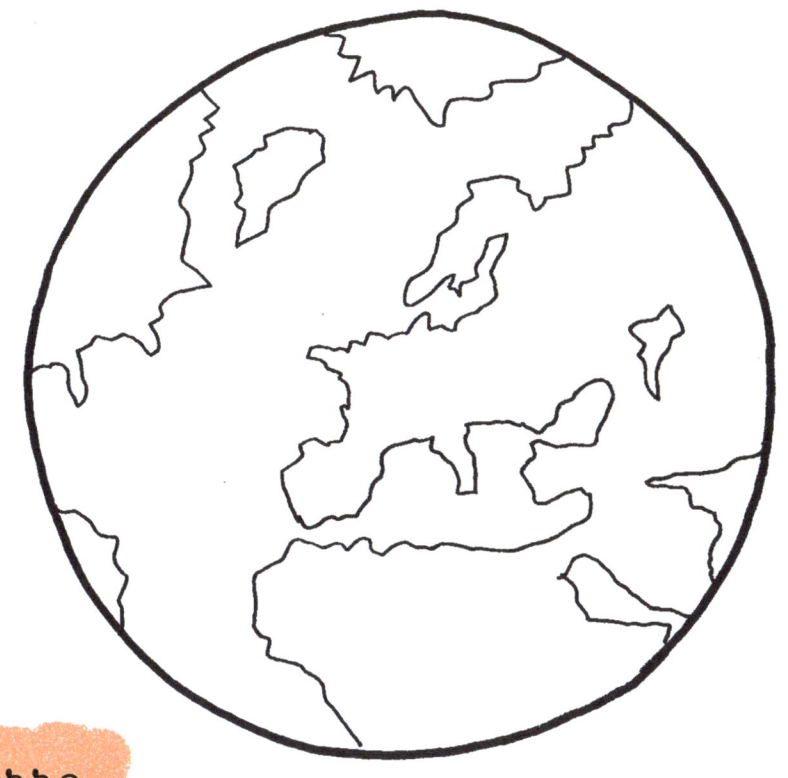

J'écris terre

terre   terre   terre

une tortue

C'est un animal qui a une grosse carapace. La tortue avance très lentement. Les tortues sont des reptiles.

Je colorie la tortue

J'écris tortue

tortue tortue tortue

un uniforme

C'est une tenue, un ensemble de vêtements qui sont les mêmes pour tous les membres d'un même groupe : les pompiers, les soldats portent un uniforme.

Je colorie l'uniforme

J'écris uniforme

uniforme　uniforme

un volcan

C'est une montagne faite de matières qui viennent de l'intérieur de la terre, et qu'on appelle la lave. La lave brûlante jaillit en haut du « cratère », et elle coule sur ses pentes.

Je colorie le volcan

J'écris volcan

volcan volcan volcan

un wagon

C'est chaque voiture d'un train. Les wagons sont attachés ensemble et sont tirés par la locomotive.

Je colorie le wagon

J'écris wagon

wagon wagon wagon

un xylophone

C'est un instrument de musique. Il est fait d'une rangée de longues plaques que l'on frappe avec un petit marteau.

Je colorie le xylophone

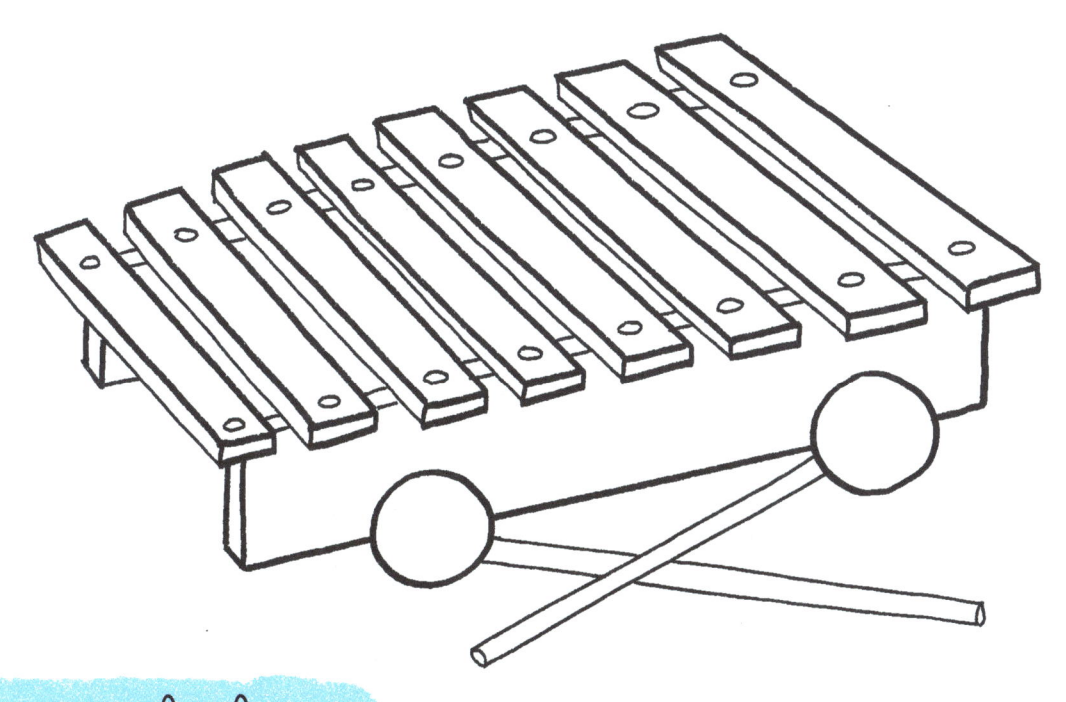

J'écris xylophone

xylophone xylophone

un yo-yo

C'est un jouet fait de deux rondelles. On le fait monter et descendre au bout d'un fil.

Je colorie le yo-yo

J'écris yo-yo

yo-yo   yo-yo   yo-yo

un zoo

C'est un grand jardin bien protégé où l'on garde des animaux de tous les pays. On l'appelle aussi jardin zoologique.

Je colorie le zoo

J'écris zoo

zoo   zoo   zoo   zoo

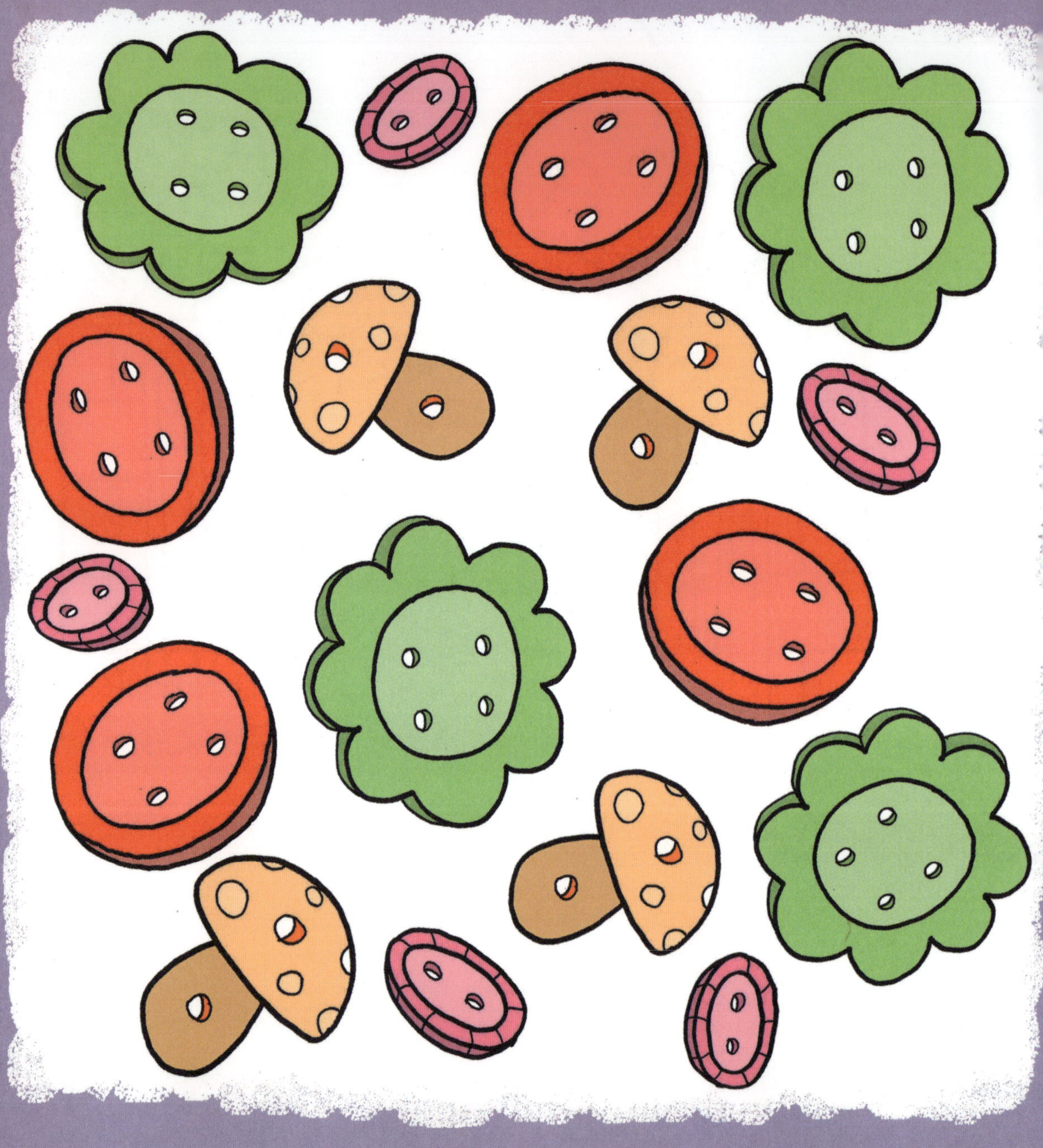